AF603091

1872. 29 Mai

CATALOGUE

DE

LIVRES FRANÇAIS

ANCIENS ET MODERNES

BIEN RELIÉS

La vente aura lieu le mercredi 29 et le jeudi 30 mai 1872
à sept heures et demie du soir

Rue des Bons-Enfants, 28 (maison Silvestre)

SALLE N° 2

Par le ministère de Me DELBERGUE-CORMONT, commissaire-priseur
Rue de Provence, 8

PARIS
ADOLPHE LABITTE, LIBRAIRE
4, RUE DE LILLE, 4

1872

ORDRE DES VACATIONS.

PREMIÈRE VACATION. — *Mercredi 29 mai 1872.*

Nos 1 à 135

DEUXIÈME VACATION. — *Jeudi 30 mai.*

210 à 249

136 à 209

CONDITIONS DE LA VENTE.

La vente est faite au comptant.

Il y aura, chaque jour de vente, de DEUX heures à QUATRE, exposition des livres composant la vacation du soir.

Les acquéreurs payeront 5 centimes par franc en sus des enchères, applicables aux frais.

Paris. — Imprimerie Adolphe Lainé, rue des Saints-Pères, 19.

CATALOGUE

DE

BEAUX LIVRES FRANÇAIS

ANCIENS ET MODERNES.

---

1. Vie de Jésus, par Ernest Renan, 13e édition. *Paris, Lévy*, 1867, in-8, d.-rel. mar. bl. tr. jasp. dor.

2. Ernest Renan. Saint Paul, avec une carte des voyages de saint Paul. *Paris, M. Lévy*, 1869, gr. in-8, demi-rel. mar. bl. avec coins, tête dor.

3. Bossuet. Les Oraisons funèbres, suivies du sermon pour la profession de madame de la Vallière, du panégyrique de saint Paul et du sermon sur la vocation des Gentils. Avec les notices par M. Poujoulat. Gravures à l'eau-forte par V. Foulquier. *Tours, Alfred Mame*, 1869, in-4, gr. pap. holl.

---

4. De la Sagesse, trois livres, par Pierre Charron, Parisien. *Dijon, L. Frantin*, 1801, 4 vol. in-8, demi-rel. mar. bl. coins, tête dor.

5. Dictionnaire philosophique portatif (par Voltaire), *Londres*, 1764. — Arrest de la cour du Parlement, en date du 19 mars 1765, in-8, veau br.

6. Maximes de madame de Sablé (1678). *Paris, librairie des bibliophiles*, 1870, pap. vergé, in-8, demi-rel. mar. et coins verts. (*Smeers.*)

7. Le Premier Texte de la Rochefoucauld, publié par F. de Marescot. *Paris, chez D. Jouaust*, 1869, in-12, demi-rel. mar. r. tr. jasp. dor. n. rog.

8. Réflexions ou Sentences et Maximes morales de la Rochefoucauld, textes de 1665 et de 1678, revus par Charles Royer. *Paris, Lemerre*, 1870, in-12, mar. la Vall. tr. dor. dos orné (*Allô*.)

116 exemplaires sur papier Whatman.

9. Le Premier Texte de la Bruyère, publié par D. Jouaust. *Paris, chez D. Jouaust*, 1868, in-12, demi-rel. mar. br. n. rog. tête dor.

10. La Bruyère. Les Caractères, avec 18 grav. à l'eau-forte, par V. Foulquier. *Tours, Alfred Mame*, 1867, gr. pap. holl. demi-rel. coins, tête dor.

11. Edgard Quinet. La Création. *Paris*, *Lacroix*, 1870, 2 vol. in-8, brochés.

12. Cométographie, ou Traité historique et théorique des comètes, par M. Pingré. *Paris*, *Imprimerie royale*, 1783, 2 vol. in-4, mar. rouge, fil. tr. dor.

13. Singularités physiologiques. Lucina sine concubitu. — La Génération solitaire, etc. — L'Homme-machine, avec l'éloge de l'auteur. *Paris, Frédéric Henry*, 1865, 2 vol. in-16, carrés.

14. Traité des eunuques, dans lequel on explique toutes les différentes sortes d'eunuques, quel rang ils ont tenu et quel cas on en fait, par M*** D***. *Imprimé l'an* 1707, in-12, demi-rel. mar. r. n. rog. tr. sup. dor.

15. Les Arts au moyen âge et à l'époque de la Renaissance, par Paul Lacroix, 19 planches chromolithographiques et de 400 gravures sur bois. *Paris*, *Didot*, 1869. — Mœurs, usages et costumes au moyen âge et à l'époque de la Renaissance, par Paul Lacroix, 15 planches chromo-lithogra-

phiques et 440 gravures. *Paris*, *Didot*, 1871, 2 vol. in-4, le premier demi-rel. mar. vert, tête dor. coins, le second broché.

16. Les Chefs-d'œuvre de la peinture italienne, par Paul Mantz. Ouvrage contenant vingt planches chromo-lithographiques, exécutées par F. Kellerhoven, et trente planches gravées sur bois. *Paris*, *Firmin Didot*, 1870, 1 vol. in-fol. sur pap. à la forme, rel. tr. dor.

Tiré seulement à 260 exemplaires, n° 60.

17. Champfleury. Histoire de la caricature moderne et antique. *Paris*, *Dentu*, 2 vol. in-12, demi-rel. m. rouge, tête dor.

18. Champfleury. Les Commissaires-Priseurs. *Dentu*, 1867. — Histoire de la Caricature au moyen âge. *Dentu*, 1872, 2 vol. in-12, brochés.

19. Champfleury Histoire de l'Imagerie populaire. *Paris*, *Dentu*, 1869, 1 vol. in-8, demi-rel. mar. rouge, tête dor.

Reproduction d'anciennes gravures.

20. Le Salon intime, Exposition au boulevard des Italiens, par Zacharie Astruc. *Paris*, *Poulet-Malassis*, 1860, eau-forte de Carolus Durand, in-8, broché.

Très-rare.

21. Gavarni. Masques et visages. *Paris*, *Paulin et Lechevalier*, 1857, 1 vol. in-8, demi-rel. mar. rouge, texte orné, vignettes dans le texte.

22. Champfleury. Les Chats, 52 dessins par Delacroix, Viollet-le-Duc, Mérimée, Manet, etc., etc. *Paris*, *J. Rothschild*, 1869, 1 vol. in-8, demi-rel. mar. vert, tête dor.

23. Les Luthiers italiens aux XVIIe et XVIIIe siècles. *Paris*, *Académie des bibliophiles*, 1869, pet. in-8, demi-rel. mar. vert et coins, tête dor. non rog. (*Smeers*.

23 *bis*. Histoire de la Dentelle, par madame Bury-Palliser, traduit par madame la comtesse Gaston de Clermont-Tonnerre. *Paris, Firmin Didot frères et fils, sans date*, in-8, demi-rel. mar. r. tr. sup. dor.

---

24. Georges d'Heilly. Dictionnaire des Pseudonymes. *Paris, Rouquette,* 1868, in-18, demi-rel. mar. fil. tr. dor.

Tirage à très-petit nombre sur papier de Hollande.

25. Anacréon, sa vie et ses mœurs, par le marquis Eugène de Lonlay. *Paris, librairie des bibliophiles*, in-12, une fig. demi-rel. mar. bl. tête dor.

26. Esope en belle humeur, ou Dernière Traduction et argumentation de ses fables en prose et en vers. *Amsterdam, chez Antoine Michiels* (*à la Sphère*), 1690, in-12, v. f. dent. tr. dor. figures dans le texte.

27. OEuvres d'Horace en latin traduites en françois par M. Dacier et le P. Sanadon. *Amsterdam, chez J. Wetstein et G. Smith*, 1735, 8 vol. in-12, veau. (*Armoiries.*)

28. Poésies de Catulle, traduction nouvelle par Victor Develay, de la bibliothèque Sainte-Geneviève. *Paris, Académie des bibliophiles, s. d.*, in-12, demi-rel. v. tr. sup. dor.

Tiré à petit nombre.

29. Perse. Satires, avec les prolégomènes de Casaubon, traduction nouvelle par Victor Develay. *Paris, Académie des bibliophiles*, 1869, in-18, pap. vergé, demi-rel. mar. n. rog. tête dor.

30. OEuvres de Clément Marot de Cahors. *Lyon, N. Scheuring*, 1869, 2 vol. in-8, mar. tr. dor. (*Belle et riche reliure de Alló.*)

Papier de Hollande; tiré à 50 exemplaires, n° 21.

31. OEuvres de Lovïse Labe, Lionnoise. *Lyon, Scheuring*, 1862, in-8, demi-rel. mar. vert foncé, tête dor.

Tiré à 209 exemplaires.

32. LES MARGVERITES de la Margverite des princesses, tres-illustre Royne de Navarre. *A Paris, par la vefve François Regnauld, en la rue Sainct-Jaques, à l'enseigne de l'Elephant*, 1554, 2 vol. in-16, v. f. (*Anc. rel.*)

Exemplaire de Sainte-Beuve, portant sa signature.

33. OEuvres de Mathurin Regnier, texte original avec notices, variantes et glossaire par A. Courbet. *Paris, Lemerre*, 1869, in-16, demi-rel. mar. tête dor.

34. Poésies de Jaques Tahureau, publiées par Prosper Blanchemain. *Paris, librairie des Bibliophiles*, 1870, 2 vol. in-12, pap. vergé, demi-rel. mar. rouge et coins, tête dor.. non rog. (*Smeers.*)

35. Boileau. OEuvres poétiques, avec notice par M. Poujoulat. Eaux-fortes par V. Foulquier. *Tours, Alfred Mame et fils*, 1870, in-4, gr. pap. hollande.

36. Boileau-Despréaux. Le Lutrin, poëme héroï-comique, édition conforme au texte original, ornée de vignettes par Ernest et Frédéric Hillemacher. *Lyon, Scheuring*, 1862, in-4, gr. pap. teinté, cartonné.

Tiré à 25 exemplaires sur ce papier.

37. La Fontaine. Fables. *Paris, Nepveu et de Bure*, 1826, 2 vol. pet. in-12, demi-rel. mar. bl. coins, tête dor. non rog. (*Allô*).

Suite de gravures d'après Moreau, 3 portraits.

38. La Fontaine. Fables et Contes, avec notices et notes par Alph. Pauly. *Paris, Alph. Lemerre*, 1868, 4 vol. in-12, pap. Whatman, mar. bl. fil. tr. dor.

39. L'Enfer burlesque, le Mariage de Belphégor et les Epitaphes de M. de Molière, réimprimés sur l'édition de Cologne, 1677, *Genève, J. Gay et fils*, 1868, 1 vol. in-16, sur pap. holl. n° 63 sur 100 exempl. demi-rel. coins viol. tête dorée non rog. (*Smeers.*)

N° 3 sur 100 exemplaires.

40. Poésies diverses attribuées à Molière ou pouvant lui être attribuées recueillies et publiées par P. L. Jacob, bibliophile. *Paris, Alphonse Lemerre*, 1869, in-12, demi-rel. n. rog. tr. sup. dor.

41. Recueil des œuvres burlesques de M. Scarron. *Jouxte la copie à Paris*, 1655, pet. in-12, mar. citr. tr. dor. (*Bozérian jeune.*)

Déchirure au titre.

42. Satires de Dulorens, réédition de l'édition de 1646, contenant 26 satires, publiée par D. Jouaust. Notice par E. Villemin. *Paris, Jouaust*, 1869, in-8, demi-rel. mar. vert, coins, tête dor. portr. fac-simile.

N° 68 sur 332 exemplaires.

43. La Vraie Histoire de Triboulet et autres poésies inédites recueillies par Joly. *Lyon, Scheuring*, 1867, gr. in-8, demi-rel. Lavallière, tête dor.

44. La Puce de madame Desroches, publiée par D. Jouaust. *Paris*, 1868, in-12, demi-rel. mar. n. rog. tr. sup. dor.

N° 111 sur 300 exemplaires.

45. Ferry Juliot. Les Élégies de la belle fille, lamentant sa virginité perdue, avec une introduction et des notes par E. Courbet. *Paris, Lemerre*, 1868, in-12, demi-rel. mar. bl. n. rog. tr. dor. sup.

46. Le Légat de la vache à Colas, de Sedege, complainte huguenote du XVIe siècle précédée d'une introduction et accompagnée d'une glose d'Orléans, par Emmanuel Vasse (de Crète). *Paris*,

(*Académie des bibliophiles*), in-12, demi-rel. et coins de mar. r. tête dor.

47. OEuvres choisies de J.-B. Rousseau, *Paris, De Bure*, 1825, 2 vol. in-18, v. r. tr. dor.

48. Le Jugement de Pâris, poëme en 4 chants suivi d'œuvres mêlées. Nouvelle édition, corrigée et augmentée, par M. Imbert. *Amsterdam*, 1774, fig. gr. in-8, v. f.

49. Contes mis en vers par un petit cousin de Rabelais. *A Londres, et se trouve à Paris, chez Ruault*, 1775, in-8, demi-rel. mar. tr. dor. fig. d'Eisen.

50. OEuvres d'Évariste Parny. *Paris, chez Debray, P. Didot l'aîné*, 1808, 5 vol. pet. in-12, demi-rel. mar. bl. tr. dor.

51. OEuvres de Gresset. *Paris, L. de Bure*, 1826, 3 vol. in-18, pap. vélin, demi-rel. v. f. n. rog. tr. sup. dor.

52. M. Vadé. La Pipe cassée, poëme épitragi-poissardi-héroï-comique, 4e édition, enrichie de belles vignettes en taille-douce. *S. l. ni date*, gr. in-18, demi-rel. mar. tête dor.

53. Les Bijoux des Neufs Sœurs (avec de jolies gravures). *Paris, chez Defer de Maisonneuve*, 1790, 2 vol. in-12. figures de Le Barbier, mar. rouge (*Anc. rel.*)

De la bibliothèque de Sainte-Beuve.

54. Cantiques et Pots-pourris. *Londres*, 1789, 2 part. en 1 vol. in-12, fig. mar. rouge fil. tr. dor. (*Anc. rel.*)

55. Le Fond du sac, ou Recueil de contes en vers et en prose et de pièces fugitives. *Paris, Leclerc*, 1866, gr. in-8, pap. de Hollande, demi-rel. mar. tête dor. eaux-fortes dans le texte.

56. André Chénier. Poésies. Édition critique, étude sur la vie et les œuvres d'André Chénier, etc. *Paris, Charpentier*, 1862, 2 vol. in-4, cuir de Russie.

57. Chansons et poésies divers de A. Désaugiers. *Paris*, 1834, 4 tomes en 2 vol. in-12, demi-rel. v. r. fig.

58. Les Étapes du cœur (Poésies), par Louis Dépret. *Paris*, *Poulet-Malassis*, 1859, in-8 broché.

59. Vie, Poésies et Pensées, par Joseph Delorme (Sainte-Beuve). *Paris*, *Poulet-Malassis*, 1861, gr. in-8, demi-rel. mar. rouge, tête dor. coins. (*Smeers*.)

Dédicace de Sainte-Beuve sur le titre, avec signature.

60. Sonnets, poëmes et poésies, par Joséphin Soulary. *Lyon, Louis Perrin*, 1864, 1 vol. gr. in-8, demi-rel. mar. r. tête dor. et coins.

Tiré à très-petit nombre.

61. Les Épaves de Charles Baudelaire, avec une eau-forte frontispice de Félicien Ropes. *Amsterdam*, *à l'enseigne du Coq*, 1866, in-8, gr. pap. vergé de Hollande, n° 22 sur 250 exemplaires, demi-rel. mar. r. et coins, tête dor. non rog. (*Smeers*.)

62. Charles Baudelaire. Les Fleurs du mal, — Curiosités esthétiques,—l'Art romantique, — Poëmes en prose, — Histoires extraordinaires. *Paris, Michel Lévy*, 1869, 5 vol. in-12, d.-rel. v. tr. dor.

63. Les Camées parisiens, par Théodore de Banville, frontispice avec portraits à l'eau-forte de Ulm. *Paris*, *Pincebourde*, 1866, 2 vol. in-12. demi-rel. mar. bl. tr. sup. dor.

64. François Coppée. Poëmes modernes, — la Grève des Forgerons, — le Passant. — *Paris*, *Alph. Lemerre*, 1869, 3. vol. in-12, brochés.

65. Théodore de Banville. Nouvelles Odes funambulesques. *Paris*, *Alph. Lemerre*, 1869, pet. in-8, demi-rel. mar. non rog. tr. sup. dor.

66. Léon Grandet. Gul, poëme, avec une eau-forte de Léopold Flameng. *Paris, Lemerre*, 1870, in-16 carré.

67. André Lemoyne. Les Charmeuses (eaux-fortes de L.-G. de Bellée, Feyen-Perrin et Édouard Leconte). *Paris, Firmin Didot*, 1 vol. in-4, demi-rel. mar. bl. coins, tête dor.

68. Châtiments, par Victor Hugo. *Genève et New-York*, in-8, demi-rel. mar. la Vall. tr. sup. dor.

69. Tablettes d'un Rimeur, par Hortensius de Saint-Albin. Contes, apologues et anecdotes, épîtres, etc., etc.; revues et considérablement augmentées. *Paris, Maillet*, 1869, in-12, demi-rel. bleu, coins mar. tête dor.

---

70. Les Caractères de la Tragédie, publiés d'après un manuscrit attribué à la Bruyère. *Paris, Acad. des bibliophiles*, 1870, in-12, mar. la Vall. tr. dor. (*Allô*).

N° 158 sur 300 exemplaires papier de Hollande.

71. Les Décors, les Costumes et la Mise en scène au XVIIe sciècle (1615 - 1680), p. Ludovic Celler. *Paris*, 1869, in-12, demi-rel. pap. vergé.

72. Les Souvenirs et les Regrets du vieil amateur dramatique, ou Lettres d'un oncle à son neveu sur l'ancien Théâtre-Français. *Paris, Alphonse Leclère*, 1871, in-8, demi-rel. et c. mar. r. tr. sup. dor.

Orné de gravures coloriées, tirées sur papier teinté.

73. Théâtre de P. Corneille, avec des commentaires et autres morceaux intéressants. *Genève*, 1774, 8 vol. in-4°, demi-rel. mar. rouge coin tr. dor.

Figures de Gravelot.

74. Théâtre de Pierre Corneille, avec commentaires, par Voltaire. *Paris*, 1764, 12 vol. in-8, demi-rel. n. rog.

75. Molière, nouv. éd. publ. par M. Taschereau.

Paris, Furne, 1863, 6 vol. gr. in-8, demi-rel. mar. bl. têtes dor. coin non rog. (*Smeers.*)

2 suites de gravures d'après Moreau, 2 portraits.
Un des 100 exemplaires numérotés (n° 64).

76. Molière. OEuvres complètes, avec les notes de tous les commentateurs ; édition publiée par L. Aimé-Martin. *Paris, Lefèvre,* 1824, 8 vol. gr. in-8, demi-rel. mar. portr. gravé.

77. La Fameuse Comédienne, ou Histoire de la Guérin auparavant femme et veuve de Molière; réimpression conforme à l'édition de Francfort de 1688. *Paris*, *Barraud,* 1870 (eau-forte). 1 vol. in-8, br.

78. OEuvres de Jean Racine, imprimées par ordre du roi pour l'éducation de monseigneur le dauphin. *Paris, Didot l'aîné,* 1784, 5 vol, in-18, mar. r. fil. tr. dor. (*Derome.*)

79. Le Mariage de la Musique avec la Danse, 1664. *Paris*, *librairie des Bibliophiles,* 1870, pet. in-8, papier vergé, demi-rel. maroq. avec coins bleu. (*Smeers.*)

80. L'Oublieux, petite comédie en trois actes de Ch. Perrault; introductions et notes de Hippolyte Lucas. *Paris*, *Ac. des bibliophiles,* 1868, in-12, demi-rel. mar. bl. tr. sup. dor.

N° 219 sur 350 exemplaires sur papier de Hollande.

81. OEuvres de Regnard. *Paris, an XIV* (1805). 4 vol. in-16, demi-rel.

82. Néricault-Destouches. OEuvres dramatiques. *Paris*, *Imprimerie royale,* 1757, 4 vol. in-4, rel. veau, tr. dor. (*Armoiries.*)

83. OEuvres complètes de M. de Marivaux, de l'Académie françoise. *Paris, veuve Duchesne,* 1781, 12 vol. in-8, veau marbr. fil. portrait.

84. OEuvres de Crébillon. *Paris, Lecointe,* 1831, 3 vol. in-18 rel. v. f.

85. Œuvres de J.-F. Ducis. *Paris*, *Nepveu*, 1826, 4 vol. in-8, veau brun, tr. dor. fig. de Desenne.

86. Ch.-P. Colardeau. Théâtre et autres œuvres. *Paris*, *Cailleau*, 1784, 2 vol. fig. rel. veau rouge, fil. or. tr. dorées.

87. Théâtre de C. Scribe et Varner. *Paris*, 1829, 8 vol. in-24, demi-rel.

88. Théophile Gautier. Théâtre de poche. *Librairie nouvelle*, 1855, 1 vol. in-12, br.

89. Collection Hetzel. Théâtre d'Emile Augier. *Bruxelles*, 1856, 6 vol. in-32, br.

90. Henry Monnier. Les Bourgeois aux champs; Galeries d'originaux; Comédies bourgeoises, Croquis à la plume. *Bruxelles*, 1858, 4 vol. in-18, demi-rel. mar. v. n. rog. tr. sup. dor.

91. Alexandre Dumas fils. Théâtre. *Paris*, *Michel Lévy*, 3 vol. in-12, br.

92. Poésies pour Alceste, par Carré, in-16, 1 vol. — Les Amours de Pierre et de Léa, par L. Salles, in-8, 1 vol. — Au Clair de la lune, par Jean Aicard, comédie, in-8, 1 vol. — Albert de Glatigny: le Bois, comédie, poésies, in-8, 2 vol. — Florise, comédie, par Théodore de Banville, in-8, 1 vol. — *Paris*, *Lemerre*, *s. d.*, 6 vol. in-12, broch.

93. La Foire aux artistes, petites comédies parisiennes, par Aurélien Scholl; 2e édition. *Paris*, *Poulet-Malassis et de Broise*, 1861, in-16, carré, rel. mar. r. tr. sup. dor.

94. Scènes populaires données à la plume, par Henry Monnier. *Paris*, *Dentu*, 1864, in-8, demi-rel. mar. vert. tête dorée, n rog.

95. Saynètes et comédies, par Eugène Verconsin. *Paris*, *L. Hachette*, 1869, in-8, demi-rel. mar. vert, tête dor. n. rog.

96. L'Année littéraire et dramatique, ou Revue annuelle des principales productions de la littéra-

ture française et des traductions et des œuvres les plus importantes des littératures étrangères, etc., par G. Vapereau. *Paris*, *Hachette*, 1859-1869, 11 vol. in-8, demi-rel. mar. tête dor.

97. Shakspeare, traduction de Fr. Hugo. *Paris*, *Pagnerre*, 18 vol. in-8, demi-rel. rouge.

98. F. Schiller. OEuvres dramatiques, traduites de l'allemand. *Paris*, *Ladvocat*, 1821, 6 vol. gr. in-8, demi-rel. coins vert, n. rog.

---

99. Les Amours pastorales de Daphnis et Chloé, escrites en grec par Longus et translatées en françois par Jacques Amyot. *Londres* (*Cazin*), 1780, titre gravé, in-16, mar. r. fil. tr. dor.

100. Benoît du Troncy; formulaire fort récréatif de tovs contracts, testamens, codicilles et avtres actes qui sont faicts et passés par-devant notaires et tesmoings, faict par Bredin le Cocu, notaire royal et contre-rolleur des Basses-Marches, etc., etc., éd. collationnée sur les anciennes, par Breghot du Lut. *Lyon*, 1846, in-8, rel. n. rog. mar. marron.

Imprimé à 50 exemplaires.

101. Amadis de Gaule, par Alphonse Pagès. *Paris*, *Ac. des Bibliophiles*, 1868, in-12, demi-rel. mar. r. tête. dor.

Tiré à 400 exemplaires.

102. La Chronique de Gargantua, premier texte du roman de Rabelais. Notice de Paul Lacroix. *Paris*, *Jouaust*, 1869, in-12, mar. bl. tr. dor.

N° 167 sur 250 exemplaires sur papier vergé.

103. Recueil des Chevauchées de l'Asne, faites à Lyon en 1566 et 1578, augmenté d'une complainte inédite du temps sur les maris battus par leurs femmes, précédé d'un avant-propos sur les fêtes populaires en France. *Lyon*, *N. Scheuring*, 1862,

un vol. gr. in-8, demi-rel. mar. rouge, tête dor. coins, *une figure.*

Tiré à 200 exemplaires.

104. Les Plaisantes Journées du sieur Favoral. *Genève, J. Gay et fils,* 1868, in-16, demi-rel. et coins mar. tête dor. non rog. (*Smeers.*)

N° 17 sur 100 exemplaires.

105. Secrets magiques pour l'Amour, octante et trois charmes, conjurations, sortiléges et talismans, publiés d'après les manuscrits de Paulmy par un bibliomane. *Paris,* 1868, in-12, demi-rel. mar. vert, tête dor. coins.

N° 240 sur 413 exemplaires.

106. Le Moyen de parvenir, nouvelle édition. A..... 100070057, 2 vol. in-12, mar. r. fil. à fr. tr. dorée.

Bel exemplaire.

107. L'Heptaméron des nouvelles de très-haute et très-illustre princesse Marguerite d'Angoulême, royne de Navarre, nouvelle édition, publiée d'après le texte des manuscrits avec notes et notice, par P. L. Jacob, bibliophile, *Paris, Adolphe Delahays,* in-12, demi-rel. mar. illustré de 24 vignettes et d'un portrait avant la lettre, par Freudenberg.

108. La Princesse de Clèves, par Mme de la Fayette. *Paris, Didot l'aîné,* 1780, 2 vol. in-18, pap. fin, mar. vert, fil. tr. dor. (*Anc. rel.*)

109. Hamilton. Mémoires du comte de Grammont. *Paris, Didot,* 1815, 3 vol. in-18. — Contes. *Paris, Didot,* 1815, 3 vol. in-18. — Ensemble 6 vol. pap. vél. mar. grenat. large dentelle, tr. dor.

Bel exemplaire. De la collection des meilleurs ouvrages de la langue française dédiés aux dames.

110. Les Aventures de Télémaque, fils d'Ulysse, par Fénelon. (Imprimé par ordre du Roi, pour l'éducation de Monseigneur le Dauphin.) *Paris,*

Didot l'aîné, 1783, 4 vol. in-18, pap. vél. mar. r. fil. tr, dor. (*Anc. rel.*)

111. Lettres d'une Péruvienne, par Mme de Grafigny, nouvelle édition, augmentée d'une suite qui n'a point encore été imprimée. *A Paris, imprimerie de P. Didot l'aîné, an V* (1797), 2 v. gr. in-18, pap. vélin, mar. r. fil. tr. dor.

Figures de Lefebvre avant la lettre. Tiré à 100 exemplaires sur ce papier.

112. Angola, histoire indienne, ouvrage sans vraisemblance. *A Agra, avec privilége du Grand-Mogol*, 1702, 2 vol. in-24, demi-rel. mar. rouge, tête dorée, fig.

113. Histoire de Gil-Blas de Santillane, par Lesage. *Paris, T.-P. Bertin, an VI*, (1798), 6 tomes en 3 vol. in-12, pap. vél. mar. r. dent. fil. tr. dor. (*Doll.*)

Bel exemplaire.

114. Les Nonnes galantes, ou l'Amour embéguiné. *La Haye, chez Jean Van Es*, 1740, in-12, demi-rel. mar. r.

115. Tansaï et Néadarné, histoire japonaise. *Pékin*, 1743, 2 vol. in-16, rel. mar. bl. tête dorée.

116. Grigri, histoire véritable traduite du japonais en portugais, par Didaque Hadeczuca, compagnon d'un missionnaire à Yedo, et du portugais en françois, par l'abbé de....., aumônier d'un vaisseau hollandois. Dernière édition, moins correcte que les premières. *A Nangazaki, de l'imprimerie de Remporzenkru, seul imprimeur du très-auguste Cubo, l'an du monde* 57,749, 2 parties en un volume, in-12, demi-rel. mar. tr. dor.

117. Entretiens et Amusements sérieux et comiques, par Rivière-Dufresny, publiés par D. Jouaust. *A Paris, chez D. Jouaust,* 1869, in-12, demi-rel. mar. r. non rogné tr. sup. dor.

118. Les Filles femmes et les Femmes filles, ou le Monde changé, conte qui n'en est pas un, par M.

Simieu (de Boissy). Les Quinze Minutes, ou le Temps bien employé, conte d'un quart d'heure. *Au Parnasse, par les libraires associés*, 1751, in-12, v. ant.

119. Montesquieu : Lettres persanes, publ. par Louis Lacour. *Paris, D. Jouaust*, 1869, gr. in-8, papier vergé, demi-rel. mar. tête dor.

N° 97 sur 525 exemplaires.

120. Les Bijoux indiscrets. *Au Monomotapa*. 2 vol. in-12, gravures, demi-rel. mar. roug. tr. dorée.

121. Jacques le Fataliste et son Maître, par Diderot, précédé d'un hommage aux mânes de l'auteur, par Meister, de Zurich. *A Paris, chez Gueffier jeune, an V* (1797, v. st.), 3 vol. in-18, demi-rel. mar. tr. sup. dor. non rog.

122. Le Neveu de Rameau, par Diderot. *Paris, Delaunay*, 1821, in-8., broché, pl. gr.

123. Diderot. La Religeuse, nouvelle édition, ornée de figures et où l'on trouve une conclusion. 2 tomes en un vol. *Paris, an VII de la République*, in-8, veau jaune, tr. marb.

124. Parapilla et autres œuvres libres et galantes (de M. Bordes). *Paris, Lussac, an IV*, in-12, v. marbré.

125. Le Sopha, conte moral, par M. J. D. C. *A Pékin, chez tous les librares associés*, 1000 700 60 14, une gravure, un vol. petit in-8, demi-rel. mar. rouge, tête dorée.

126. Honny soit qui mal y pense, ou histoires des filles célèbres du XVIIIe siècle. *Londres*, 1775, 3 vol. in-12, demi-rel. bas.

127. Contes moraux, par M. Marmontel, de l'Académie françoise. *Paris, Merlin*, 1775, in-8, veau tr. marbrée. (*Fig. de Gravelot.*)

128. De Saint-Foix, lettres turques, publiées par D. Jouaust. *Paris, chez D. Jouaust*, 1819, in-12, demi-rel. et coins mar. tr. sup. dor.

129. Collection complète des œuvres de M. de Crébillon fils. *Londres*, 1777, 14 tomes en 7 vol. pet. in-8, mar. r. jans. tr. dor.

Exemplaire rempli de témoins.

130. Les Quatre Heures de la toilette des dames, poëme érotique en quatre chants, dédié à son altesse sérénissime Mme la princesse de Lamballe, chef du conseil et surintendante de la maison de la reine, par M. de Favre, de la Société littéraire de Metz. *Paris, chez Jean-François Bastien*, 1780, in-18, mar. la Vall. tr. dor.

131. Contes à rire, ou récréations françoises, nouvelle édition, corrigée et augmentée. *Paris, aux dépens de la compagnie*, 1781, 2 tom. en 1 vol. pet. in-8, vélin.

132. Les Égarements du cœur et de l'esprit, ou Mémoires de M. de Meilcour. *Londres*, 1782, 2 vol. in-18, v. éc. tr. dor.

133. Les Mille et une Heures, contes péruviens. *Lille, C.-F.-J. Lehoucq*, 1782, 2 vol. in-12, demi-rel.

134. Olinde, par l'auteur des Mémoires du vicomte de Barjac. *Londres* (*Cazin*), 1784, 2 tom. en 1 vol. in-18, v. f.

135. Le Paysan et la Paysanne pervertis, par Rétif de la Bretonne. *La Haye*, 1784, 4 vol. in-12, figures, demi-rel. mar. rouge. (*Raparlier*.)

Bel exemplaire.

136. Autant en emporte le vent, ou Recueil de pièces un peu... un peu... on le verra bien. *Gaillardopolis, et se trouve chez... chez ceux qui l'achèteront*, 1787, in-18, v. m. tr. dor.

137. Collection de romans et contes imités de l'anglois, corrigés et revus de nouveau par M. de la Place. *Paris, chez Cussac*, 1788, 8 vol. in-8, fig. v. r.

138. Les Intrigues du cabinet des rats, apologue national destiné à l'instruction de la jeunesse et à l'amusement des vieillards, ouvrage traduit de l'allemand en français, et enrichi de vingt-deux planches en taille-douce. *Paris, chez Le Roy*, 1788, in-8, demi-rel. mar. tr. sup. dor. fig. dans le texte.

139. Errotika Biblion, 2° édition. *Paris*, 1792, in-8, demi-rel. mar. rouge, tr. marbré.

140. Les Liaisons dangereuses, lettres recueillies dans une société et publiées pour l'instruction de quelques autres, par C*** de L***. *Londres*, 1796, 2 vol. in-8, belles fig. veau, fil. tr. dor.

141. La Chandelle d'Arras, poëme en XVIII chants. *Paris, Egas*, 1807, in-12, v. orné de 19 pl.

142. Jacques Cazotte. OEuvres badines et morales, historiques et philosophiques, première édition complète, ornée de figures. *Paris, J.-F. Bastien*, 1817, 4 vol. demi-rel. mar. coins, tête dorée, non rogné. (*Bel exemplaire.*)

143. Un Pot sans couvercle et rien dedans, ou les Mystères du souterrain de la rue de la Lune, histoire merveilleuse et véritable, traduite du français en langue vulgaire, par Louis Randol. *Se vend à Paris, chez B. Logerot, an VII*, in-8, demi-rel. figures.

144. La Princesse parisienne, par de Balzac. *Bruxelles*, 1840, in-12, br.

145. C. Tillier. Mon oncle Benjamin, Belle plante et Cornélius, pamphlets. *Nevers*, 1846, 4 vol. in-12, portr. demi-rel. mar. rouge, tête dorée.

146. Champfleury. Contes vieux et nouveaux. *Michel Lévy*, 1852. — Monsieur de Boisdhyver, avec quatre eaux-fortes de Arnaud Gautier. *Poulet-Malassis*, 1860. — La Succession Le Camus, frontispice par François Bonoin. *Poulet-Malassis*, 1860. — Les Souffrances du professeur Delteil, avec quatre

eaux-fortes par Cham. *Poulet-Malassis*, 1861. — Grandes Figures d'hier et d'aujourd'hui, avec quatre portraits par Bracquemond. *Poulet-Malassis*, 1861. — Les Amis de la nature, frontispice par G. Courbet. *Poulet-Malassis*, 1859, 6 vol. in-8, demi-rel. mar. violet, tête dorée avec coins. (*Rel. uniforme.*)

147. H. de Balzac. Les Peines de cœur d'une chatte anglaise. 1853, 1 vol. in-12, br.

148. Léon Gozlan. Comment on se débarrasse d'une maîtresse. — Gérard de Nerval. Petits Châteaux de Bohême. — Méry. La Chasse au chastre. — Stendhal. L'Abbesse de Castro. *Paris, E. Didier*, 1833, 4 vol. in-12, br.

149. Le Roman de toutes les femmes, par Henry Murger. *Paris, Michel Lévy, frères*, 1854, in-12, demi-rel. mar. bl. tr. sup. dorée.

150. Les Roués innocents, par Théophile Gautier. *Paris, librairie nouvelle,* 1855, in-18, demi-rel. mar. rouge, non rog.

151. Henry Murger. Les Buveurs d'eau. *M. Lévy*, 1855. — Les Nuits d'hiver, poésies complètes. *M. Lévy*, 1861. — Le Pays latin. *M. Lévy*, 1854. — Scènes de la Bohême. *M. Lévy,* 1851, 4 vol. in-18, brochés.

152. Théophile Gautier. Émaux et Camées. *Paris, Poulet-Malassis,* 1858, in-12, br. fig.

153. Théodore de Banville. Esquisses parisiennes; sept nouvelles. *Paris, Poulet-Malassis*, 1859, 1 vol. in-2, beau papier vergé.

Très-rare, tiré à petit nombre sur ce papier.

154. Charles Monselet. Les Tréteaux, avec un frontispice dessiné et gravé par Bracquemond. *Paris, Poulet-Malassis*, 1859, 1 vol. in-8, demi-rel, mar. vert, coins, tête dorée.

155. Jules Noriac. Le 101e régiment, illustré par Armand Dumarescq, G. Janet, Pelcoq Morin et

Deux étoiles. *Paris*, *Librairie nouvelle*, 1860, in-12, d.-rel. mar.

Exemplaire sur papier teinté, nº 1. 13 exempl. seulement sur ce papier.

156. Mary-Lafon. La Dame de Bourbon; dessins de C. Morin gravés par H. Linton. *Paris*, *Librairie nouvelle*, 1860, in-8, demi-rel. mar. bl. coins, tête dorée.

28 exemplaires sur papier vergé. Nº 16.

157. Jean de Falaise. Les Derniers Contes, huit nouvelles. *Paris*, *Poulet-Malassis*, 1860, in-8, beau papier vergé, 1 eau-forte.

Très-rare, tiré à petit nombre sur ce papier.

158. Nicolas Semeneco. Un Homme de cœur. *Paris*, *Poulet-Malassis*, 1861, 2 vol. in-24, broché.

159. Edmond About. Le Fellah; Souvenirs d'Egypte. *Hachette*, 1869. — Le Roi des Montagnes, illustré par G. Doré. *Hachette*, 1861, 2 vol. in-8, broch.

160. Primerose, par M...el de V.. dé.. (de Vindé). *Paris*, *Leclerc fils*, 1863, in-18, gr. pap. vél. mar. tr. sup. dor. n. rog.)

Nº 10 sur 100 exemplaires. Figures de Lefebvre.

161. Mémoires de Jacques Casanova de Seingald, écrits par lui-même. *Bruxelles*, 1863, 6 vol. in-12, demi-rel. mar. bl.

162. L'Abbé ***. Le Jésuite. *Paris*, 1865, 2 vol. gr. in-8, demi-rel. mar. vert, tête dorée.

163. Valery Vernier. Les Filles de minuit. *Lyon*, *Scheuring*, 1865, gr. in-8, demi-rel. mar. vert, tête dor.

164. La Semonce faicte à Paris des coquus en may Vᶜ XXXV, publié pour la première fois d'après un manuscrit de la bibliothèque de Soissons. *Paris*, *novembre* 1866, in-8, demi-rel. mar. bl.

Nº 70 sur 200 exemplaires en papier vergé.

165. Théophile Gautier. Le Capitaine Fracasse, 60 dessins de G. Doré. *Charpentier*, 1866, in-8, cartonné.

166. La Seizième Joye de mariage, publiée pour la première fois avec préface et glossaire. *Paris*, 1866, in-16, demi-mar. citr.

N° 317 sur 500 exemplaires.

167. Champfleury. Monsieur Tringle, avec une carte des événements. *Paris, Dentu,* 1866, 1 vol. in-12, demi-rel. mar. viol. tête dor.

168. Les Maris célèbres, anciens et modernes, par Oscar Ledru. *Paris, chez Plumage Damourette, éditeur, rue du Croissant, l'an d'Adam, premier mari célèbre*, 6,868, 1 vol. in-16, demi-rel. mar. marron, coins, tête dor. n. rog. (*Smeers.*)

Tiré à 125 exemplaires sur papier serin. N° 92.

169. Théophile Gautier. Ménagerie intime. *Paris, Alphonse Lemerre*, 1869, in-12, demi-rel. mar. tr. sup. dor.

170. Arsène Houssaye. Les Parisiennes. *Paris*, *Dentu*, 1869, 4 vol. in-8, br.

171. Les Révolutions des pays des Gagas, par Jules Janin. *Lyon, N. Scheuring*, 1869, 1 vol. in-8, pap. teinté.

Tiré à 200 exemplaires.

172. Arsène Houssaye. Les Parisiennes. *Dentu*, 1869, 4 vol. gr. in-8, demi-rel. mar. rouge, tête dor. et coins, fig.

173. Charles Yriarte. Les Portraits cosmopolites. *Paris*, *Lachaud*, 1870, in-8, br.

174. Comte de Chevigné. Les Contes rémois ; 9e éd. *Paris, Jouaust, librairie des bibliophiles*, 1871, in-18, pap. de Holl. br. en vél.

N° 155 sur 350 exemplaires sur papier de Hollande.

175. Ernest Legouvé. 1° Les Pères et les Enfants au XIXe siècle. — 2° La Jeunesse. *Paris, Hetzel, s. d.*, 2 vol. in-8, demi-rel. maron, coins, tête dor.

176. Jules Sandeau : — Olivier. — Le Château de Montsabrey. — Théodore de Banville : — La Vie d'une comédienne, 2 vol. in-12, br.

177. Edmond Lores : Raphaël et Margarita, nouvelle. *Paris, E. Lachaud*, gr. in-8, broché.

178. Erckmann-Chatrian :— Romans divers. 20 vol. in-12, br.

179. George Sand : — Romans. *Paris, Lévy*, 39 vol. in-12, demi-rel. bleu, dont 2 brochés.

180. Alexandre Dumas : — Romans. *Paris, Michel Lévy*, 31 vol. in-12, demi-rel.

181. Romans divers, 22 vol. in-12, br.

182. Contes de J. Bocace, traduction nouvelle, enrichie de belles gravures par Boucher. *Londres*, 1777, 10 vol. in-8 rel. v. fauve.

183. Nouvelles exemplaires de Michel de Cervantes Saavedra, auteur de Don Quichotte, traduction et édition nouvelle, augmentée de trois nouvelles qui n'avaient pas été traduites en français, etc., etc., par l'abbé St-Martin de Chansonville, figures en taille-douce. *Lausanne et Genève*, 1744, 2 vol. in-12, fig. de Folkema, v. marb.

184. Don Quichotte de la Manche, traduit de l'espagnol de Michel Cervantes, par Florian, ouvrage posthume, orné de 24 figures. *Paris, an VII, imprimerie de P. Didot aîné*, 6 vol. in-18, pap. vélin, mar. r. fil. tr. dor. *figures de Lebarbier.*

185. Aventures et espiègleries de Lazarille de Tormes, écrites par lui-même, nouvelle édition. *Paris, Didot jeune, an IX* (1801), gr. in-8, cart. rouge, n. rog., orné de 40 fig. dessinées et gravées par N. Ransonnette.

186. Le Conte du Tonneau, contenant tout ce que les arts et les sciences ont de plus sublime et de plus mystérieux, avec plusieurs autres pièces curieuses, par le fameux D. Swift, traduit de l'an-

glais. *La Haye*, 1757, 3 vol. in-12, v. fil. tr. dor. *figures.*

187. Voyages de Gulliver. *Se vend à Paris, chez Alphonse Leclerc*, 1860, 4 vol. in-12, grand pap. vél. demi-rel. mar. non rog.

N° 49 sur 150 exemplaires. Figures avant la lettre.

188. Voyage sentimental de Sterne, suivi des Lettres d'Yorick à Elisa, traduction nouvelle par Paulin Crassous, accompagnée de notes historiques et critiques. *A Paris, chez P. Didot, an IX* (1801), 3 vol. petit in-12, v. f. fil. tr, dor.

189. Walter Scott, traduction de Defauconpret. *Paris*, 30 vol. in-8, demi-rel. rouge uniforme.

---

190. Jules Janin, le Livre. *Henri Plon, Paris*, 1870, in-8. br.

191. Fréron, ou l'Illustre critique; sa vie, ses écrits, etc., etc., par Charles Monselet, frontispice à l'eau-forte avec portraits, par Ed. Morin. *Paris, Pincebourde*, 1864, in-12, demi-rel. mar. tête dorée.

192. Les Oubliés et les Dédaignés, figures littéraires de la fin du XVIIIe siècle, par Charles Monselet. *Paris, Poulet-Malassis*, 1861, 1 vol. in-8, demi-rel. verte, coins, tête dor.

193. La Lorgnette littéraire, dictionnaire des grands et des petits auteurs de mon temps, par Charles Monselet. *Paris, Poulet-Malassis*, 1859, 1 vol. in-8, demi-rel. verte, coins, tête dor.

194. Mme de Sévigné, lettres choisies, avec une notice de M. Poujoulat, 10 eaux-fortes par V. Foulquier. *Tours, Alfred Mame et fils*, 1871, grand papier de Hollande, in-4, broché.

195. Alexandre Pope: OEuvres complètes, traduites en français. *Paris, veuve Duchesne*, 1779, 8 vol. gr. in-8, veau rouge, fil. tr. dor.

196. OEuvres complètes de la Fontaine, publiées d'après les textes originaux, accompagnées de notes et suivies d'un lexique, par Ch. Marty-Laveaux, tome II, contes et nouvelles en vers, tome III, Psyché, le Songe de Vaux, Lettres. *P. Jannet*, 1867, 2 vol. in-12, cart.

Envoi autographe de Marty-Laveaux à Sainte-Beuve.

197. Helvétius. OEuvres complètes, nouvelle édition, corrigée et augmentée sur les manuscrits de l'auteur, avec sa vie et son portrait. *Paris*, *Serrière*, 1795, 5 vol. in-8, v. r. fil. or, tr. dor.

198. Œuvres de M. Palissot, lecteur de S. A. S. Mgr le duc d'Orléans; nouvelle édition, revue et corrigée. *Paris*, *de l'Imprimerie de Monsieur*, 1788, 4 vol. in-8, veau vert, tr. dorée, marbré, fig. de divers.

Exemplaire de Berryer.

199. VOLTAIRE. OEuvres complètes, avec les figures de Moreau. (Kehl.) *Imprimerie de la Société littéraire typographique*, 1784, 70 vol. in-8, pap. vergé, v. m. fil. tr. dor. fig. de Moreau.

Bel exemplaire.

200. OEuvres de J.-J. Rousseau, citoyen de Genève. *Paris*, *P. Didot l'aîné*, *an IX*, 1801, 20 vol. rel. v. fauve, filets (*anc. rel.*)

201. Paris, ou le Livre des cent et un. *Ladvocat*, 1832, 15 vol. in-8, demi-rel. veau noir non rog.

202. Alfred de Vigny: Cinq-Mars, Stello, les Destinées, Théâtre, Servitude et Grandeur militaires, Poëmes. *Paris*, *A. Bourdilliat*, 1859, gr. in-8, demi-rel. bl. tête dor. coins.

Figures de Tony Johannot, Raffet et autres.

203. Alfred de Musset. OEuvres complètes, édition ornée de 28 gravures par Biola et d'un portrait de Flammens. *Paris*, *Charpentier*, 1866, gr. in-8, 10 vol. demi-rel. bl. tête dor. fig.

204. Victor Hugo : Drames, Romans : Notre-Dame de Paris, les Misérables, l'Homme qui rit, Bug-Jargal, Poésies, etc. *Paris*, *veuve Houssiaux*, 1860 et années suivantes, 41 vol. in-8, demi-rel. mar. non rog.

205. Manuscrit de juin 1848 (du 15 avril au 30 juin). — P.-J. Proudhon et l'écuyère de l'Hippodrome. — Carnet de la comtesse de L***. — Notes d'un agent de 1861 à 1867. — Les Tuileries en février 1848 (collection Lorédan Larchey). *Paris*, *Frédéric Henry*, *s. d.*, 8 vol. in-32, br.

Tirés à petit nombre.

206. Charles Monselet. Théâtre du Figaro, avec un rideau dessiné par Ch. Voillemot. *Paris*, *Sartorius*, 1861. — Portraits après décès, avec lettres inédites et fac-simile. *Paris*, *Achille Faure*, 1866. — Histoire anecdotique du Tribunal révolutionnaire. *Paris, D. Giraud et Dagneau*, 1853. — Les Galanteries du XVIIIe siècle. *Michel Lévy*, 1862. — Rétif de la Bretonne, sa vie et ses amours, avec un beau portrait gravé par Nargeot et un fac-simile. *Paris*, *Aug. Aubry*, 1868, 5 vol. in-12, brochés.

207. Alfred Delvau. 11 vol. in-12 brochés.

1° Histoire anecdotique des cafés et cabarets de Paris, avec dessins et eaux-fortes. *Dentu*, 1862. — 2° Histoire anecdotique des barrières de Paris, 10 eaux-fortes par Emile Thérond. *Dentu*, 1865. — 3° Histoire anecdotique des bals de Paris. 24 eaux-fortes par Émile Thérond. *Dentu*, 1864. — 4° Dictionnaire de la langue verte, argots parisiens comparés. *Dentu*, 1867. — 5° Mémoires d'une honnête fille, avec portrait de l'auteur par G. Staal. *Achille Faure*, 1865. — 6° Le Fumier d'Ennius, avec une eau-forte de L. Flameng. *Achille Faure*, 1865. — 7° Du pont des Arts au pont de Kehl. Frontispice par E. Benassit. *Achille Faure*, 1866. — 8° Francoise, chapitre inédit de l'histoire des quatre sergents de la Rochelle. Eau-forte d'E. Thérond. *Achille Faure*, 1865. — 9° Les Dessous de Paris, avec une eau-forte de L. Flameng. *Poulet-Malassis*, 1860. — 10° Les Heures parisiennes, 25 eaux-fortes d'Emile Bénassit. *Librairie centrale*, 1866. — 11° Les Amours buissonnières. *Dentu*, 1863.

208. Collection Hetzel et Lévy. 17 vol. in-16, brochés.

Émile Deschanel : Le Mal qu'on dit de l'amour. — Le Bien qu'on dit de l'amour. — Le Mal qu'on dit des femmes. — Le Bien qu'on dit des femmes. — Le Bien et le Mal qu'on dit des enfants.

L'Esprit de Diderot.

P.-J. Stahl : Esprit de Voltaire. — De l'Amour et de la Jalousie.

Jules Baissac : Les Femmes des temps modernes. — Les Femmes des temps anciens.

Larcher et P.-J. Jullien : Ce qu'on dit de la fidélité et de l'infidélité.

Charles Monselet : Les Abbés galants. — Le Musée secret de Paris.

Alfred Bougeard : Les Moralistes oubliés.

E. de la Bédollière : Histoire de la mode en France.

Le comte de Grammont : Comment on se marie. — Comment on vient et comment on s'en va.

209. COLLECTION JANNET, sur papier vélin. 28 vol. gr. in-12, cart.

Savoir : Diable boiteux, 2 vol. — Manon Lescaut, 1 vol. — Sakountala, 1 vol. — Rabelais, 5 vol. — Cl. Marot, 3 vol. — Contes fantastiques, 1 vol. — Malherbe, 1 vol. — Villon, 1 vol. — Paul et Virginie, 1 vol. — Le Roman bourgeois, 2 vol. — Daphnis et Chloé, 1 vol. — Don Pablo de Ségovie, 1 vol. — Aventures de Tell l'Espiègle, 1 vol. — La Princesse de Clèves, 1 vol. — Jehan de Paris, 1 vol. — Régnier, 1 vol. — Fables de la Fontaine, 2 vol. — Contes de la Fontaine, 2 vol.

---

210. Discours sur l'histoire universelle, par Bossuet, depuis le commencement du monde jusqu'à l'empire de Charlemagne (Imprimé par ordre du Roi pour l'éducation de Monseigneur le Dauphin). *Paris, Didot l'aîné*, 1784, 4 vol. in-18, mar. r. fil. tr. dor. (*Anc. rel.*)

211. Bossuet. Discours sur l'histoire universelle, gravures à l'eau-forte par Foulquier. *Alfred Mame et fils, Tours,* 1870, in-4, gr. pap. holl. broché.

212. Personnages énigmatiques, histoires mystérieuses, événements peu ou mal connus, par Frédéric Bulau, traduit de l'allemand par W. Duckett. *Paris, Poulet-Malassis et de Broise*, 1861, 3 vol. in-8, demi-rel. la Vallière, coins, tête dor.

213. A. Fournier. L'Esprit des autres. *Paris, Dentu,* 1867. — L'Esprit dans l'histoire, 1857. — Histoire du Pont-Neuf, 1862, 2 vol. En tout, 4 vol. in-12, demi-rel. mar. n. rog. tête dor. (*Reliure uniforme.*)

214. Chaussard : Fêtes et courtisanes de la Grèce. *Paris,* 1821, 4 vol. in-8, bas. fig.

215. Histoire de France, par Henri Martin, 4e édition. *Paris, Furne,* 1864, 17 vol. in-8, demi-rel. dos et coins, mar. v. n. rog. tr. sup. dor. *Figures.*

216. Les Galanteries des rois de France. *A Cologne, chez Pierre Marteau, s. d.*, 3 volumes pet. in-12, demi-rel. mar. bl. n. rog.

217. Les Routiers au XIVe siècle, les Tard-venus et la bataille de Brignais, par M. P. Allut. *Lyon, N. Scheuring,* 1859, un vol. in-8, demi-rel. rouge, tête dor. fig.

218. Mémoires de messire Philippe de Comines, seigneur d'Argenton, contenant l'histoire de Louys XI et Charles VIII depuis 1464 jusques en 1498, comprenant un supplément plus l'Histoire de Louis XI, roy de France, et des choses mémorables aduenuës de son règne de 1460 à 1483, autrement dicte la chronique scandaleuse. *Brusselle, François Foppens,* 1706, 4 vol. pet. in-8, demi-rel. mar. r. tr. dor.

219. Satyre Menippée de la vertu du Catholicon d'Espaigne et de la tenue des États de Paris. Dernière édition, augmentée outre les précédentes impressions tant de l'interprétation du mot de Higuiero d'Inbierno et qui en est l'autheur, que du supplément ou suite du Catholicon. Avec les pourtraicts des deux charlatans et du seigneur Agnoste. *S. l.,* 1600, in-12, v. mar. br. fil. tr. dor.

220. Histoire amoureuse des Gaules, par Bussi-Rabutin. *A Londres,* 1789, 6 vol. in-18, demi-rel. et c. mar. r. tr. sup. dor.

221. Les Amours de Henri IV, roi de France, avec les lettres galantes à la duchesse de Beaufort et à la marquise de Verneuil. *Amsterdam, et se trou-*

vent à Lyon, chez Faucheux, 1780, 2 vol. in-12, bas.

222. Mémoires de Mademoiselle de Montpensier, fille de Gaston d'Orléans, frère de Louis XIII. Nouvelle édition, où l'on a rempli les lacunes qui étaient dans les éditions précédentes, corrigé un grand nombre de fautes, etc. *Maestricht, chez Edme Dufour et Phil. Roux,* 1776, 8 vol. in-12, v. f. (*Anc. rel.*)

223. Mémoires de monsieur de Montrésor. — Diverses pièces durant le ministère du cardinal de Richelieu. — Relation de monsieur de Fontrailles. *A Leyde, chez Jean Sambix le jeune, à la Sphère,* 1667, 2 vol. pet. in-12, v. fauve.

Armes de Lambert de Thorigny.

224. Mémoires de monsieur d'Artagnan, capitaine-lieutenant de la 1re compagnie des mousquetaires du roi. Contenant quantité de choses particulières et secrettes qui se sont passées sous le règne de Louis le Grand. *A Cologne, chez Pierre Marteau,* 1701, 3 vol. in-12, mar. puce, fil. tr. dor. (*David.*)

Portraits ajoutés.

225. Le Comte de Clermont, sa cour et ses maîtresses, lettres et documents inédits, publication de Jules Cousin. *Paris,* 1867, 2 vol. in-12, demi-rel. mar. tr. sup. dor. s. brochure fig. et plan relié.

226. Les Historiettes de Tallemant des Réaux, 3e édition, entièrement revue sur le manuscrit original et disposée dans un nouvel ordre, par MM. Monmerqué et Paulin Paris. *Paris, chez J. Techener,* 1854, 9 vol. in-8, demi-rel. mar. v. tr. sup. dor. n. rog.

227. Mémoires complets et authentiques du duc de Saint-Simon sur le siècle de Louis XIV et la Régence, collationnés sur le manuscrit original par M. Chéruel, et précédés d'une notice par

M. Sainte-Beuve, de l'Académie française. *Paris, librairie L. Hachette et Cie*, 1856, 20 vol. in-8, demi-rel. dos et coins mar. la Vall. n. rog. tr. sup. dor.

228. Histoire des princes de Condé, pendant les XVIe et XVIIe siècles, par M. le duc d'Aumale. *Paris, M. Lévy frères*, 1863, 2 vol. in-8 demi-rel. mar. r. tr. sup. dor.

229. Notes de René d'Argenson, lieutenant général de police, intéressantes pour l'histoire des mœurs et de la police de Paris à la fin du règne de Louis XIV. *Paris*, *Fréd. Henry*, 1866, in-12, demi-rel. mar.

230. Souvenirs de Jean Bouhier, président au parlement de Dijon, extrait d'un manuscrit autographe inédit et contenant des détails curieux sur divers personnages des XVIIe et XVIIIe siècles. *S. l. n. d.*, in-12, demi-rel. mar. r. tr. sup. dor.

Tiré sur papier jonquille.

231. Mélanges historiques, satiriques, anecdotiques de M. B.... Jourdain, écuyer de la grande écurie du roi Louis XV, contenant des détails ignorés ou peu connus sur les événements et les personnes marquantes de la fin du règne de Louis XIV et des premières années de celui de Louis XV et de la Régence. *Paris, Chevre et Chanson*, 1807, 3 vol. in-8, v. marb.

232. M. Caron de Beaumarchais : Mémoires, avec un titre gravé en taille-douce, sans nom d'éditeur ni date, mar. chagr. r. tr. dor. 2 vol. in-8.

223. Mémoires de la duchesse de Brancas, sur Louis XV et Mme de Châteauroux, édition augmentée d'une préface et de notes par Louis Lacour. *Paris*, 1865, in-12, demi-rel. mar. n. rog.

Tiré à très-petit nombre.

234. Mémoires inédits du comte de la Motte-Valois, notes et notices de Lacour. *Paris*, *Poulet-Malassis*, 1858, in-8, beau pap. vergé.

Très-rare, tiré à petit nombre sur ce papier.

235. Souvenirs de Madame Vigée Lebrun. *Paris*, *Charpentier*, 1869, 2 vol. in-8, brochés.

236. Thiers : Histoire de la Révolution française, 13e édition. *Paris, Furne*, 1865, 10 vol. fig. et atlas. — Histoire du Consulat et de l'Empire. *Paris*, *Paulin*, 1845, fig. et atlas, 20 vol. — Ensemble, 30 vol. in-8 et 2 atlas, demi-rel. et coins mar. r. n. rog. d. en tête.

Bel exemplaire en reliure uniforme.

237. Louis Blanc : Histoire de la Révolution. *Paris*, 1847, 12 vol. in-8 demi-rel. chagr. r.

238. J. Michelet: Histoire de la Révolution francaise. *Paris*, 1868, 6 vol. in-8, demi-rel. d. et c. mar. r. tr. sup. dor.

239. A. de Lamartine : les Girondins. *Paris*, *Furne*, 1848, 8 vol. gr. in-8, fig. demi-rel. vert tête dor.

240. A.-R.-C. de Saint-Albin : Championnet, général des armées de la République française. *Paris*, *Poulet-Malassis*, 1860, un vol. in-8, pap. vergé.

Tiré à petit nombre.

241. Lieutenant-colonel Charras : Histoire de la campagne de 1815, Waterloo. *Paris*, *Armand Le Chevalier*, 1869, 2 vol. in-8 et un atlas, brochés.

242. Vaulabelle : Histoire de la Restauration. *Paris*, *Garnier*, *s. d.*, 8 vol. in-8, demi-rel. mar. r. n. rog. tr. sup. dor.

243. Privat d'Anglemont : Paris inconnu, Paris anecdote. *Paris*, *Delahays*, 1861, 2 vol. in-16, brochés.

244. Description du Mont Pilat, par Jean du Choul, nouvelle édition, avec la traduction en regard, par

E. Mussant. *Lyon*, *Scheuring*, 1869, 1 vol. in-8, demi-rel. marron, tête dor. coins.

Tiré à 100 exemplaires.

245. Histoire des ducs de Bourgogne de la maison de Valois, par M. de Barante, 7e édition. *Paris*, *Lenormant*, 1854, 12 vol. in-8, fig. demi-rel. mar. la Vall. tr. sup. dor. n. rog.

246. Mémoire de l'élection de l'empereur Charles VII en 1741. *Paris*, *Académie des Bibliophiles*, 1870, 1 vol. in-16, pap. de Hollande, nº 96, sur 300 exemplaires demi-rel. mar. r. coins, tête dor. n. rog. (*Smeers*.)

247. Le Président de Brosses en Italie, lettres familières écrites d'Italie en 1739 et 1740. *Paris*, *Didier*, 2 vol. in-12, demi-rel. d. et c. mar. Val. tr. sup. dor.

248. Louis Blanc: Lettres sur l'Angleterre. *Paris*, 1865, 4 vol. in-8 demi-rel.

249. Gazette bibliographique, année 1868-69. *Paris*, *A. Lemerre*, in-8, demi-rel. vert et coins tête dor. n. rog.

FIN.

A LA MÊME LIBRAIRIE :

Léon de Laborde. — Glossaire français du moyen âge, à l'usage de l'archéologue et de l'amateur de livres. In-12, 552 pages..... 4 fr.

— Le Parthénon. 6 livraisons in-fol., figures en couleurs..... 100 fr.

— Les Archives de la France. In-12, broché................ . 3 fr.

— Documents inédits sur l'histoire d'Athènes. In-8, avec 3 pl.. 6 fr.

— Recherches sur la magie égyptienne. In-4, br............ 6 fr.

Gravures sur bois tirées des livres français du quinzième siècle. *Paris*, 1868, in-4, 75 planches comprenant 324 figures et texte, dans un carton... 20 fr.

Collection de poésies, romans, chroniques, etc., publiés d'après d'anciens manuscrits et d'après des éditions des quinzième et seizième siècles. *Paris, Silvestre*, 1838-58, 24 vol. in-16, *caractères gothiques, figures sur bois*............... .... 120 fr.

Marques typographiques des libraires et imprimeurs français depuis l'origine de l'imprimerie jusqu'en 1600, 16 livraisons gr. in-8, 1,310 figures sur bois.................................. 64 fr.

Les livraisons 8 à 16 se vendent séparément chacune 4 fr.

Choix de peintures de Pompéi, lithographiées en couleur par M. Roux et accompagnées d'une explication par Raoul-Rochette. *Paris, Adolphe Labitte*, 1867. Un fort volume in-folio comprenant 321 pages de texte et 28 planches en couleur.

Ouvrage complet. Première partie : *Amours des dieux.* — Deuxième partie : *Temps héroïques*.

Exemplaire en sept livraisons in-fol.................... 80 fr.

Exemplaire relié en demi-reliure, dos de maroquin du Levant, tranche supérieure dorée................................ 100 fr.

Beaufort. — Dissertation sur l'incertitude des cinq premiers siècles de l'histoire romaine. *Paris*, 1866, in-8, broché............... 3 fr.

Le Maha-Bharata, traduit pour la première fois du sanscrit en français par M. H. Fauche. *Paris*, 1863-66.

Les tomes II, III, IV et V, chacun séparément............. 6 fr.

Guérard. — Polyptyque de l'abbaye de Saint-Remi de Reims, ou dénombrement des manses, des serfs et des revenus de cette abbaye, vers le milieu du neuvième siècle de notre ère. *Paris, Impr. imp.*, 1853, in-4, broché.................................. 7 fr. 50

Pauthier (G.). — Les Iles Ioniennes pendant l'occupation française et le protectorat anglais, d'après des documents tirés des papiers du général Donzelot, gouverneur général. *Paris*, 1863, in-8, broché. 2 fr.

Itinéraires anciens. — Recueil comprenant l'itinéraire d'Antonin, la table de Peutinger, et un choix des périples grecs, publié par le marquis de Fortia d'Urban. *Paris, Impr. roy.*, 1845, in-4 broché et atlas in-folio de dix cartes.................................. 25 fr.

Horace. — Odes traduites en vers avec le texte en regard et des notes explicatives et archéologiques, par Vanderbourg, de l'Académie des Inscriptions. *Paris*, 1812, 3 vol. in-8 brochés .... 5 fr.

Garcin de Tassy. — Histoire de la littérature hindouie et hindoustanie, 2e édition. *Paris*, 1870, 3 vol. in-8 br. .... 36 fr.

Le Livre des Cent Ballades, contenant des conseils à un chevalier pour aimer loyalement (anciennes poésies françaises). *Paris*, 1868, in-8.. 9 fr.

Pausanias. — Description de la Grèce, traduite, avec le texte en regard, par Clavier. *Paris*, 1814. 6 vol. in-8 brochés.............. 30 fr.

Cette traduction est accompagnée d'un index complet

Lydus. — Liber de ostensis, gr. et lat., edidit Hase. *Lutetia*, 1823. in-8 br. .... 3 fr.

Cet ouvrage renferme des détails nombreux sur les Augures depuis leur origine chez les Étrusques.

Sidoine Apollinaire. — Œuvres traduites en français avec le texte en regard et des notes, par Grégoire et Collombet. *Lyon*, 1836, 3 vol. in-8, brochés.. 8 fr.

Cet auteur est, avec raison, compté parmi les meilleurs poëtes latins chrétiens.

Louville. — Mémoires secrets sur la succession d'Espagne, suivis de lettres écrites de Buénos-Ayres en 1710, sur le gouvernement des pères jésuites et la traite des nègres, publiés par le marquis du Roure. *Paris*, 1818, 2 vol. in-8 brochés.......................... 8 fr.

Raoul-Rochette. — Mémoires de numismatique et d'antiquité. *Paris, Impr. roy.*, 1840, in-4 br. *Planches*....................... 6 fr.

Paris. — Imprimerie Adolphe Lainé, rue des Saints-Pères, 19.

www.ingramcontent.com/pod-product-compliance
Ingram Content Group UK Ltd.
Pitfield, Milton Keynes, MK11 3LW, UK
UKHW022001260726
13994UKWH00004B/1900